KB129959

꽁
흐기스다이 먼가스글씨

흙곰작가의 수묵 캘리그라피 이야기

흙곰이 멋글씨

HAUM
하움출판사

CONTENTS

CONTENTS

프롤로그

흙처럼 가장 순수하고 자연스러운 마음으로
꿈과 사랑, 인생을 이야기하고픈 글쟁이 흙곰입니다.
어릴 적부터 남다르게 글을 쓰고
그림을 그리는 것을 좋아하였던 저는
마치 운명처럼 캘리그라피를 만나
미친 듯이 멋글씨를 사랑하게 되었고,
현재는 캘리그라피 초대 작가로 활동하며
캘리그라피로 꿈과 사랑을 나누고 있습니다.
특히 독창적인 흙곰만의 느낌을 담은 멋글씨와 수묵화로
힘과 부드러움을 동시에 담아
누구와도 구별되는 흙곰만의 캘리그라피 작품 세계를
만들어가고 있습니다.
앞으로도 캘리그라피를 통해
많은 이들에게 꿈과 감동을 주며
사랑을 나누겠습니다.

끝으로 이 책의 출간에 도움을 주신 많은 분들께
감사의 인사를 전합니다.
좋은 시 작품들을 캘리그라피 작품으로 만들 수 있게
허락해주신 시인 김세환님, 김기만님, 이영태님, 전환재님,
전영탁님, 박동진님, 심승혁님, 김경림님, 권금주님, 도애란님,
배혜경님, 윤진옥님, 이선정님, 최우서님, 채은후 학생
모두 다시 한번 감사드립니다.
그리고 감동, 흙곰의 멋글씨 책의 기획부터 편집, 디자인,
출간까지 모두 도맡아 하며 가장 가까운 곳에서 늘 힘을 주는
제자이자 캘리그라퍼인 청유 김태희 작가에게도
깊은 감사와 사랑을 전합니다.
더불어 흙곰의 멋글씨를 사랑해주시는 모든 분들께도
이 책을 통해 다시한번 감사의 마음을 보냅니다.

2018년 7월. 흙곰 문경숙

초대작가
출품 문경숙

프로필

한양문화예술협회 초대작가
일본 오사카 한국대표 초대작가
중국 광서성 한국대표 초대작가
미얀마 국제깃발전 초대작가
한양페스티벌 우수작가상 수상
서울시의회의장상 최우수 작가상 수상
서울 인사동 갤러리 라메르 전시
담양 남촌미술관 초대 개인전 전시
일본 오사카 한국대표작가 전시
나주혁신도시 캘리그라피 글꽃 그룹 전시
서울한양미술대전 우수상 외 다수 수상
대한민국캘리그라피대전 우수상 외 다수 수상
대한민국예술대전 특별상 외 다수 수상
중앙선관위 주관 선거 캘리그라피 공모전 수상
순천시미술대전 특별상 외 다수 수상
남도일보 캘리그라피 칼럼연재
나주마한축제 캘리그라피 단독부스운영
농촌경제연구원 및 잡지, 영화타이틀 등 각종 타이틀 캘리작업
문학광장 동인지 시집 타이틀작업
김기만 시집 '민박집에서의 며칠' 캘리그라피 작업
윤진옥 시조집 '봄의 부호' 표지 캘리그라피 작업
이영태 시집 '발자국 소리' 캘리그라피 작업
김기만, 김세환 캘리그라피 시화전 전시
'남도의 먹빛캘리로 불을 밝히다' 유등축제 전시
5.18 전국 휘호대회 문인화부문 입선
광주 서예페스티발 생활속의 먹빛 전시
광주 은암미술관 전시
현) 흙곰캘리그라피디자인연구소 대표

나를 위한
다정한 시간

흙곰 캘리 살롱

초대작가 흙곰과
캘리그라퍼 청유,
두 명의 선생님이 함께하는
먹글씨와 수묵화

♥

♥

♥

나를 위한 다정한 시간

멋글씨란,

캘리그라피의 우리말 표현
그림 같은 아름다운 서체
마음을 담은 감성 글씨
그렇기에 마음이 닿는 마음 글씨

마음을 담았습니다
마음이 담았습니다

흙을 닮은
흙을 담은
글씨를 꿈꾸며

흙곰 짓고 흙곰 쓰다

흙 자를 쓰다가
엉엉 울었네
흙 안에 人生이 있었고
내가 있었네
허리를 끈에 맨 채
하루 16시간씩 갯벌
흙 속으로 파고드는
빗소리를 들으며
나는 꿈 하나를 흙 속에 심었네
따뜻한 흙 냄새 나는
흙의 가슴을 지닌
그 사람이 되고 싶었네
그래서 나는 오늘도
흙을 닮은 먹으로
굵고 깊으며 글을 쓰네
모두의 마음에 꽃길 하나
피어 흐르네

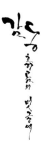

피웠습니다

흙곰 문경숙
청유 김태희

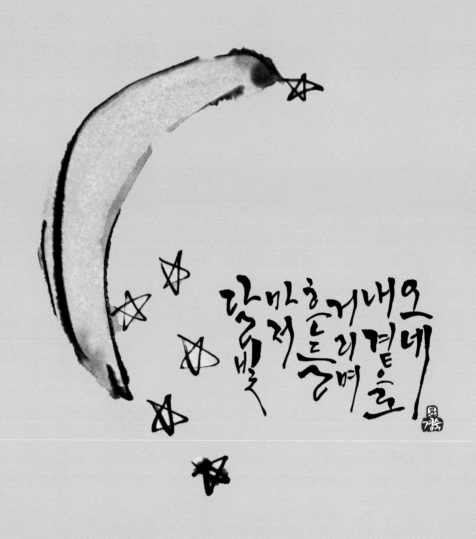

달 마중 그대오
별빛 저 드리 곁네
                 늘며우로

흙곰 문경숙 詩, 그대 생각

꽃길만
걸어요

꽃보다 귀한 그대

사월에 태어난
아이

청유 김태희 詩, 4월의 꿈

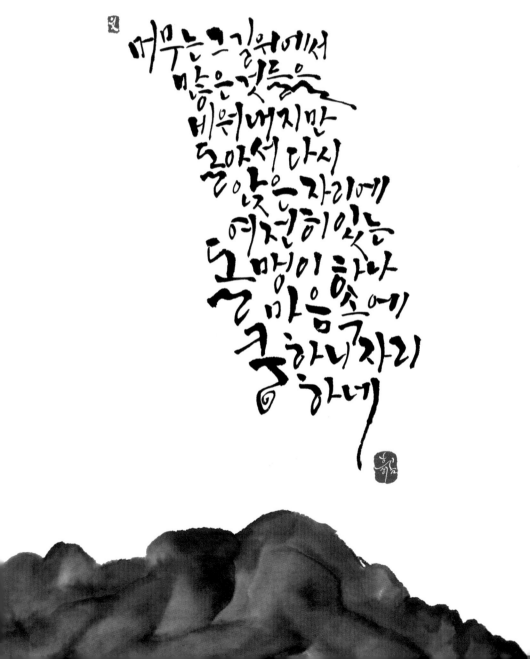

머무는 그 길 위에서
많은 것들을
비워내지만
돌아서 다시
앉은 자리에
여전히 있는
돌맹이 하나
마음속에
쿵 하니 자리
하네

흙곰 문경숙 詩, 콩

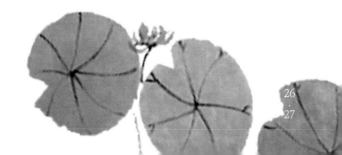

한오 만상실퇴앉며만옥
한오 낮2잠한진냈나
닷 지을내진네

흙곰
문경숙
詩
아무나
만나지
마라

28
·
29

나 다시
꽃이 된다면
꽃 피우기 위해
안간힘 쓰지않고
내가 꽃인걸 그저
감사한 마음으로
꽃같은 일생을 살다
가겠네

해무 이선정 詩, 나 다시 꽃이 된다면 中

김세환 詩, 등대로부터의 자유 中

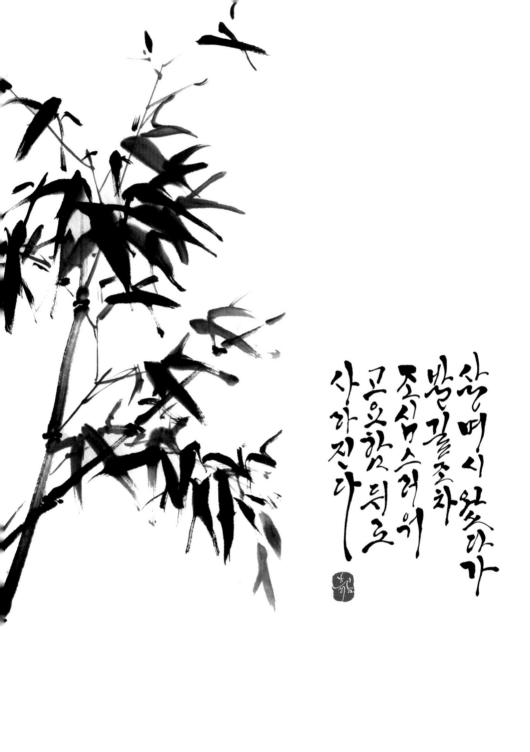

삶이 머시 있었다가
밤길조차
조심스러워
고요핫 뒤로
사라진다

심지 전환재 詩, 산사의 정적

웃으면
복이와요

웃어요 그대

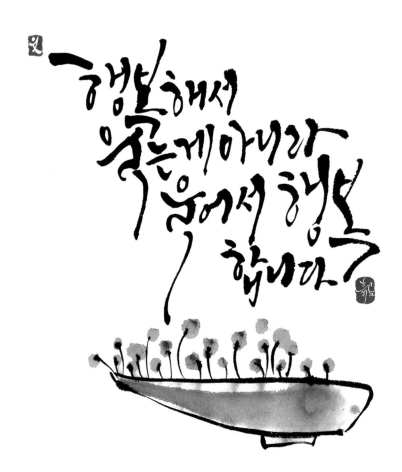

행복해서
웃는게아니라
웃어서 행복
합니다

죽어서면
다시 싹이는
그대 생각
수없이 쓰며
살았다

김기만 詩, 낙엽

굴뚝위에
늘어선
참새
작은
움직임에도
연초록 생명의
손짓이 아름다운건
말없이 품어주는
하늘이
배경에
때
문
이
다

최우서 詩,
마음이 쉬고 싶은 날에 中

다빈 전영탁 詩, 천년지애

기다리겠소

작은 돌이 모래 되고

그대 그리운 모습에서

만날 수 수만 있다면

천년을 기다려

다시

못 다한 사랑은

백 년도 안 되는 인생

천년을 기다리리

마음에
스미는 고요함

연꽃처럼
맑고 향기롭게

들꽃 이야기

꽃잎도 향기도
피는 사연도 다르지만
여린 꽃잎은
같은 하늘을 향합니다

많은 인연이 남긴
손자욱에
가끔은 흉터를 안고
깨여도

말없이 바라보고
받아주는 꽃잎의 사랑

소롯길 권금주 詩, 들꽃 이야기

청상화

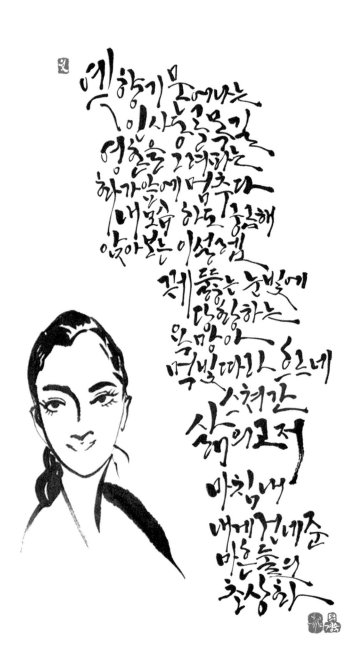

옛 향기 풀어나는
이 사람을 보고
영혼을 그리워하는
화가 앞에 멈추다
내 모습 하도 궁금해
앉아 보는 이 설레임

끼를 돋우는 눈빛에
당황하는
얼마 안
먹빛 따라 흐르네
스쳐간
삶의 궤적

마침내
내게 건네준
마흔 즈음의
초상화

영언 도애란 詩, 초상화

立春大吉

그대 늘 보았듯이 길

희망

어린아이가
새싹에게 말했다
새싹아
무럭무럭 자라렴
나는 밀했어
결들고도 희망이
있다고 자랄 수 있다고
말해주는 아이

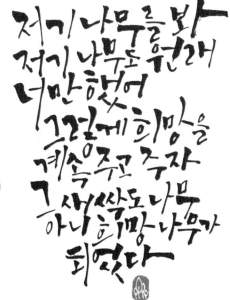

저기 나무를 봐
저기 나무도 원래
너만 했어
그렇게 희망을
계속 주고 주자
그 새싹도 나무
아니 희망 나무가
되었다

10살 아이 채은후 詩, 희망

라일락 꽃잎지면
꿈길로 오는 누이야
·
·
그래도 못 다한 노래
달빛에나 띄운다

김세환 詩, 편지 中

랄랄라
끄슷
않자면 굿길로오는누미야

편ㅈ

그래도 못다한 노래
달빛에서
피우다

눈꽃사에서

내안의 千佛
그대가 쌓은 千塔
겨우 몇십 기 남아있네
간절히바라는 일
곧추 쌓아올리는것 모두
곧우 정할수록 무성한
것인지

박동진 詩,
운주사에서

자네 집에
술 익거든
부디 나를
부르시소

김육 시조, 자네 집에 술 익거든 中

꽃내음으로 물든
간절한 소망
소담스러운 꽃잎에
한 아름 담아 오늘
오롯이 담긴 마음
수줍은 듯 피어날 때
당신 곁으로 향하게 하소서
사랑으로 활짝 피우소서

소롯길 권금주 詩, 그리움의 書

62
·
63

이별에 너무 아파하지 마요

어떠한 만남이든
만남 뒤엔 늘
헤어짐이 따라옵니다

이별에 너무 아파하지 마요
그대여 너무 슬퍼하지 마요

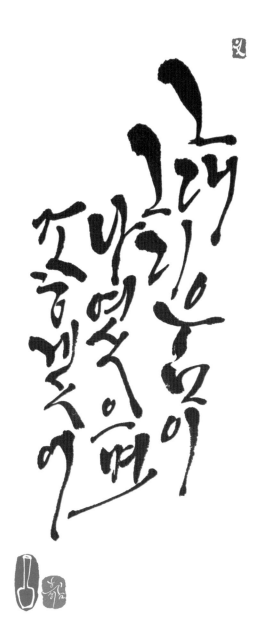

번뇌를
잊고
마음을 비우기
위해 백여덟번
드리는 절

백팔배

나를 위한
깨달음의 시간

삼천년 우담바라
고스란히 지켜보던
소리꽃 한송이
작은 햇살처럼
하늘을 흔든다

추포 심승혁 詩, 소리꽃 中

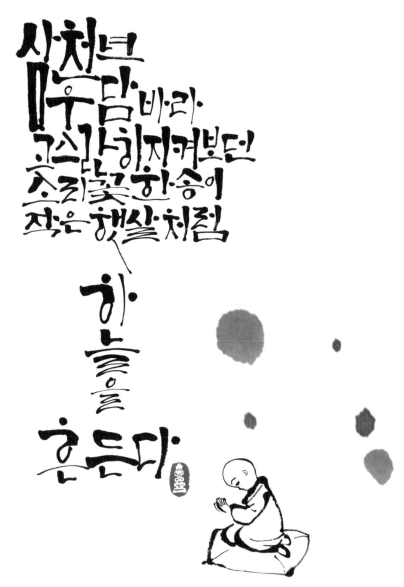

사천년
무담 바라
그스라히지켜보던
초롱꽃한송이
작은 햇살처럼

하늘을

흔든다

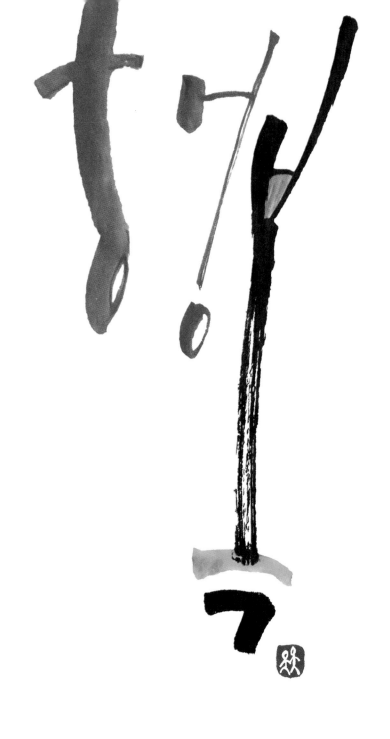

갈등

갈등은 풀어내며
꿈을 만들며
가는 것

福

청유 김태희 詩, 삶

괜찮아
다 잘될꺼야

나는 나로서
괜찮은
사람

흙곰이 보내는
위로의 한마디

밝은 달 소원빌기

달아달아 밝은 달아
내 소원 좀 들어주렴

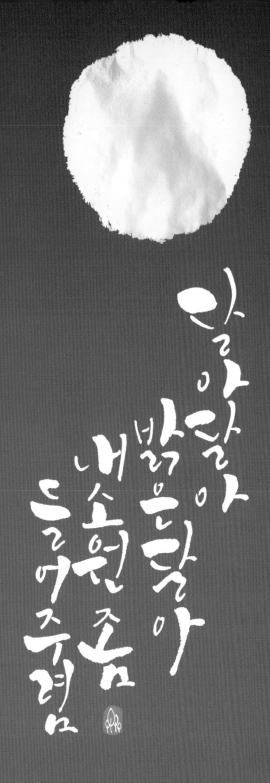

달아 달아 밝은 달아
내 소원 좀
들어주렴

인디언의 명언 中 친구란
내 슬픔을 등에 지고 가는 자

내 슬픔을 등에 지고 가는 자

중용

중용 23장

작은 일도 무시하지 않고
최선을 다해야 한다
작은 일에도 최선을 다하면
정성스럽게 된다
정성스럽게 되면
겉에 배어 나오고 겉에
배어나오면 겉으로 드러나고
겉으로 드러나면 이내 밝아지고
밝아지면 남을 감동시키고
남을 감동시키면
이내 변하게 되고
변하면 생육된다
그러니 오직 세상에서
지극히 정성을 다하는
사람만이 나와 세상을
변하게 할 수 있는 것이다

굶는데
앏은

또
꽃핀다

당신의 나이면 세계를 풍미할 수단이다

홍금문강숙

달내지 말고
싫어지 말며
간명하지 말고
남의 덕을 가리지 말고
혼탁과 미혹을
버리고 세상의
온갖 애착에서
벗어나
무소의 뿔
처럼
혼자서 가라

산골 짝이기
오막살이
낮은 굴뚝엔
살랑살랑
소아나네
감자굽는
내

윤동주 詩, 굴뚝 中

산
들
등
이
길
게
누
르
며
가
는
길
픈

기죽지마 ·
너는 이미 최고야 :
넌 할 수 있어
난 널 믿어

흙곰이 보내는 응원 메시지

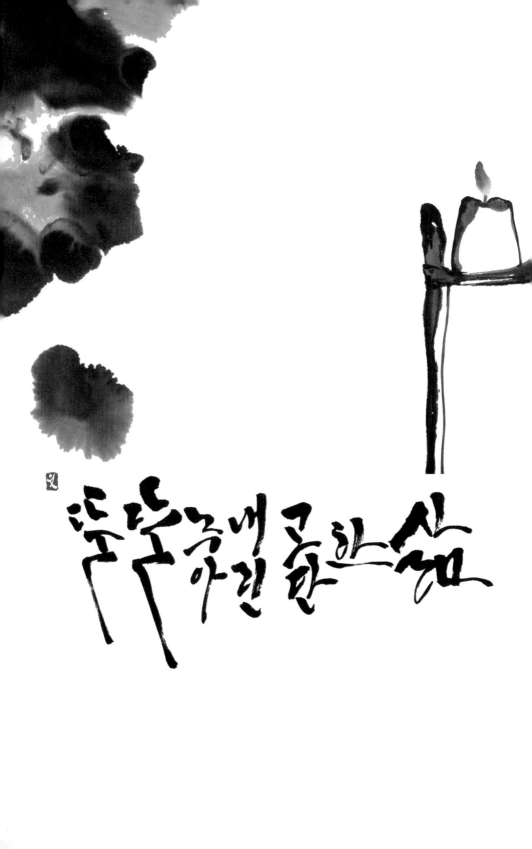

참회도 또한 차지 첫 생애웠다 도

해무 이선정 詩, 촛불 中

까치호박같네의일하
무리리서은인한기나
굴는한장은생만장

흙곰 문경숙 詩, 일기장 하나

그런 날 그런 밤

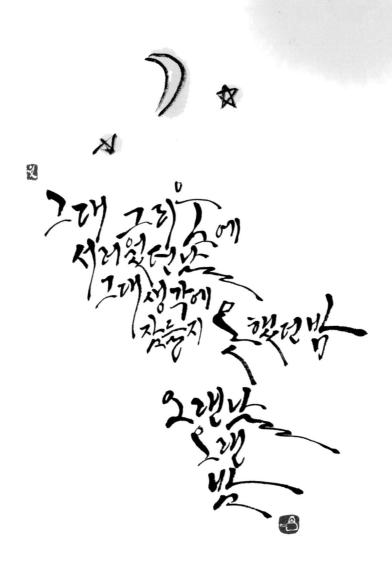

그대 그리
서러웠던 숲에
그대 생각에
잠들지 못했던 밤
오랜밤
오랜
밤

청유 김태희 詩, 오랜날 오랜밤

인생은 별
떠남

흙곰 문경숙 詩, 인생 中

작은
일이라도 마음을
다하고
정성을
다하면
이에
변하게 되고
세상을
감동시키게
된다

흙곰이 세상을 사는 방법

모든 인연의 소중함을 새기며

밥 많이 먹고 힘내

밥 먹었어?

아무리 바빠도
밥은 꼭 챙겨 먹어

밥 많이 먹고

힘내~!!

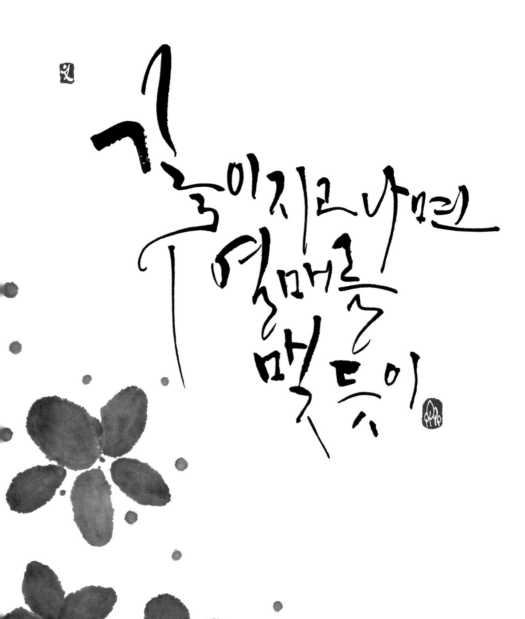

꽃이 지고 나면
열매로
맺듯이

인생도
고개요

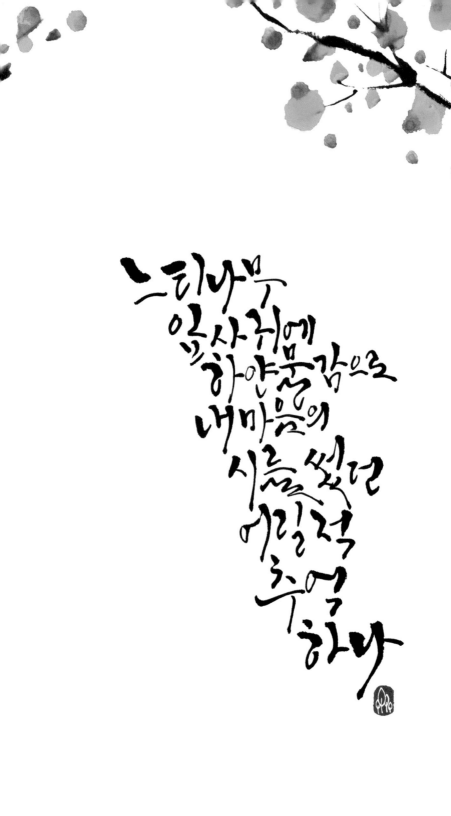

느티나무
잎사귀에
하얀 물감으로
내 마음의
시를 썼던
어릴적
추억
하나

지금도
그대처럼
글을쓰네
시를 붓으로
그리네

어릴적
생일날에
먹었던
어머니의
손맛이 담긴
사랑한그릇

나보다
더
나를 사랑한 당신
오늘 같은 날엔
더 그립습니다
그리고
사랑합니다

흙곰 문경숙 詩, 그리운 나의 어머니

세월이 흘러도
그 뒤안길에 늘 서 계시는
그리움의 한 분
나의 어머니

흙곰 문경숙 詩, 어머니

막걸리 한 사발에
아버지를 생각한다

아버지가 그리운 날에

맛거리하시네
알밖지른
생아깍항

시리운 내마음
달래주는건
연탄불 위

끓고 있는 찌그러진
노란 주전자

추억은 한숨 쉬며
새벽을 마신다

세미 김경림 詩, 노란 주전자 中

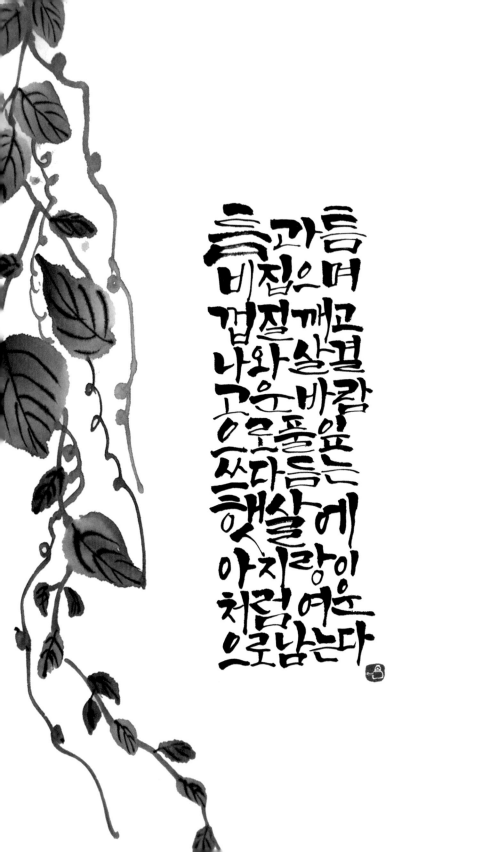

틈 가 틈
비집으며
껍질깨고
나와 살 결
고운 바람
으로풀잎
쓰다듬는
햇살에
아지랑이
처럼 여운
으로남는다

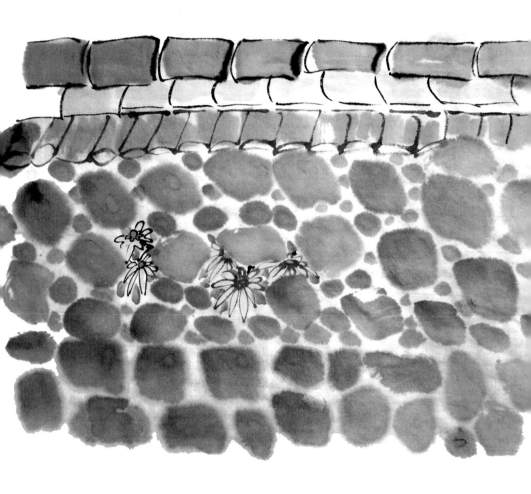

윤진옥 詩, 바람의 말2 中

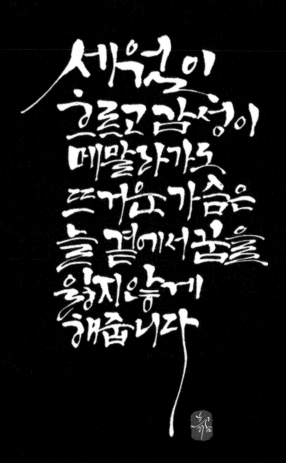

세월이
흐르고 감성이
메말라가도
뜨거운 가슴은
늘 곁에서 꿈을
잃지 않게
해줍니다

은향 배혜경 詩, 뿌리 깊은 사랑 中

사진 作, 심지 전환재

사람

짝사랑

우연히
마주치고
싶은 사람이
있다네
그냥 느낌을
거칠다가

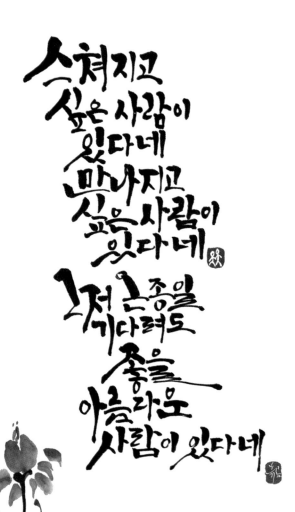

스쳐지고
싶은 사람이
있다네
만나지고
싶은 사람이
있다네

그저 온종일
기다려도
좋을
아름다운
사람이 있다네

김기만 詩, 짝사랑 中

엄마
엄마가
내엄마라
고마워요

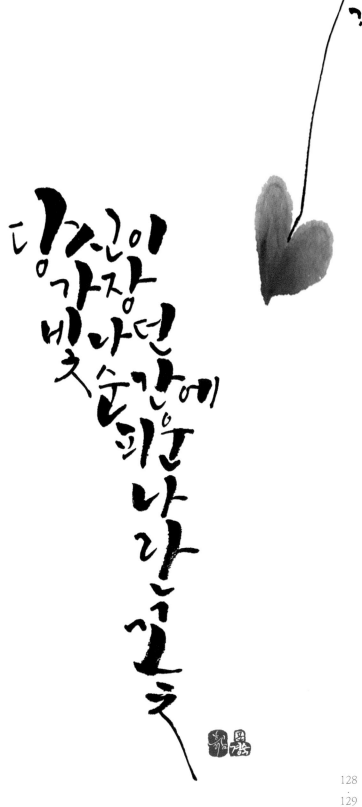

해가 뜬다
네가 뜬다
달이 뜬다
네가 뜬다
어찌해도
내게서 지지
않을 너

해무 이선정 詩, 하루

130
131

한번 만나면
잊을수 없는 향기때문에
사랑할수 밖에 없는
싫한에 반기는
가장 향긋한 온정

헤프지 않은 향기와 미소
맑은 네 눈빛이

헤어지고 나면
샘물 같은 그리움으로
되돌아 보게 만드는
나의 우아한 연인 같구나

송현 이영태 詩, 수선화

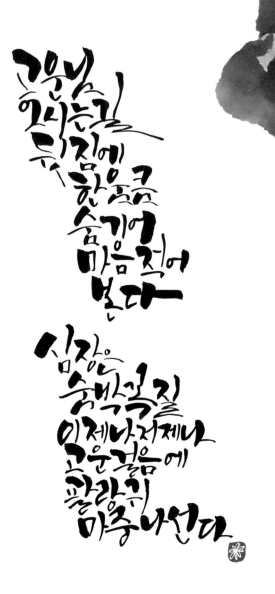

그대님
만나는길
두 짐에
한 음큼
숨겨
마음 적어
본다

심장은
숨박국질
언제나 저제나
고운걸음 에
팔 랑 귀
마중나선다

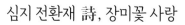

심지 전환재 詩, 장미꽃 사랑

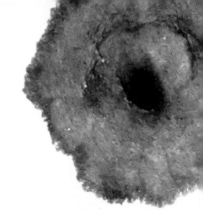

그리움 따라
피어나는
당신 생각

커피 한잔 어때요

당신과 마주 앉아
커피 한잔 하고 싶어요

오늘 우리,
커피 한잔 어때요

함께하는
삶 속에
그대 있어서
행복
합니다

흙곰작가가
전하는
일상의 행복 메시지

한걸음
한걸음씩
용기내어보느

용기내어봐

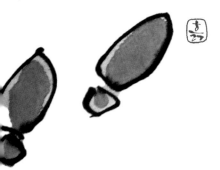

흙곰작가가 전하는 응원 메세지

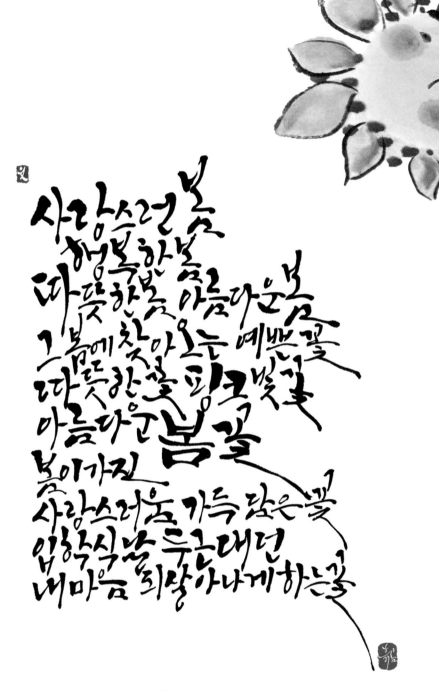

사랑스런 봄
행복한 봄
따뜻한 봄 아름다운 봄
그 봄에 찾아오는 예쁜 꽃
따뜻한 꽃 핑크 벚꽃
아름다운 봄 꽃
봄이 가진
사랑스러움 가득 담은 꽃
입학식날 두근대던
내 마음 희망 솟아나게 하는 꽃

10살 아이 채은후 詩, 봄꽃

별이
쏟아지고
달이
덩실이 노래를
하는
밤

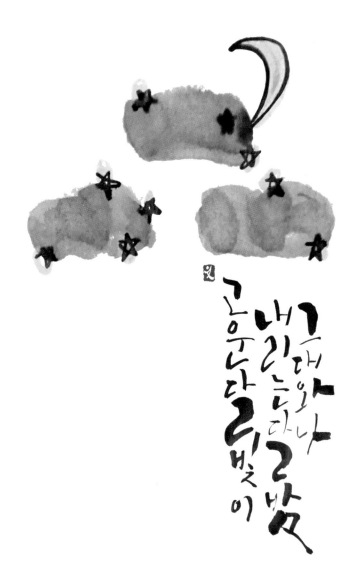

그대와 나
내리는 달밤
고운 달빛이

별이 수를 놓고
달빛이 노래를 하는 밤
고운 달빛이 내리는 달밤
그대와 나

흙곰 문경숙 詩, 별빛 달밤

아

내마음에도

봄이

오는구나

청유 김태희 詩, 봄

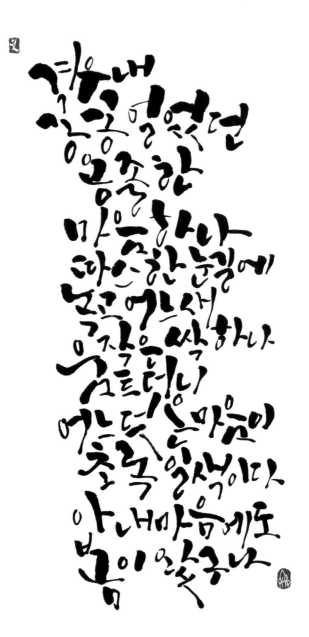

타인의
시선에
휘둘러지
않기를

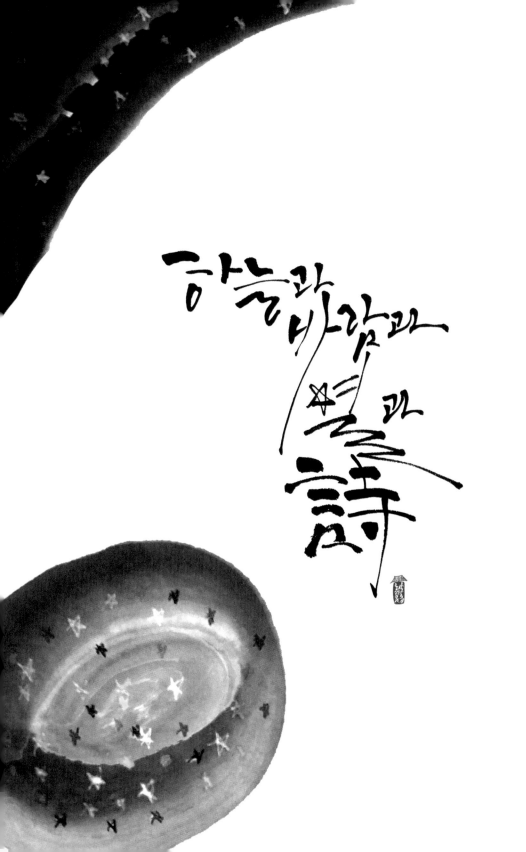

하늘과 바람과 별과 詩

별 하나의 추억과
별 하나의 사랑과
별 하나의 쓸쓸함과
별 하나의 동경과
별 하나의 詩와
별 하나의
어머니

윤동주 詩, 별 헤는 밤 中

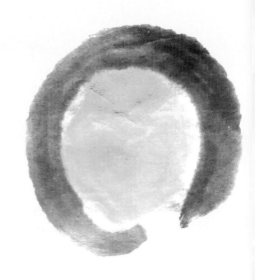

윤동주 詩, 반딧불 中

가가
각자
가자

수
표
으로
가

조각을
주으러

수
표으로
가자

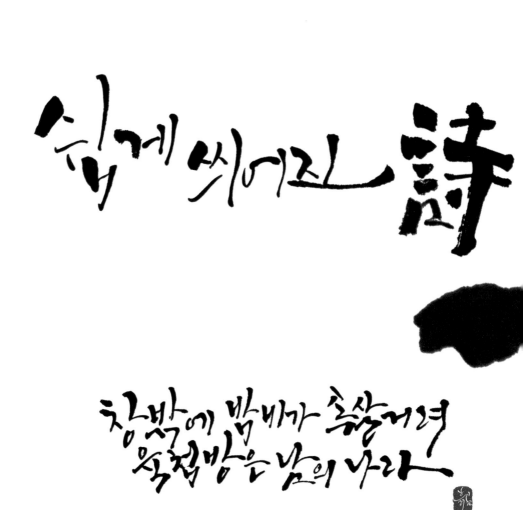

쉽게 씌어진 詩

창밖에 밤비가 속살거려
육첩방은 남의 나라

시인이란 슬픈 천명인 줄 알면서도 한 줄 시를 적어 볼까

윤동주 詩, 쉽게 씌어진 시 中

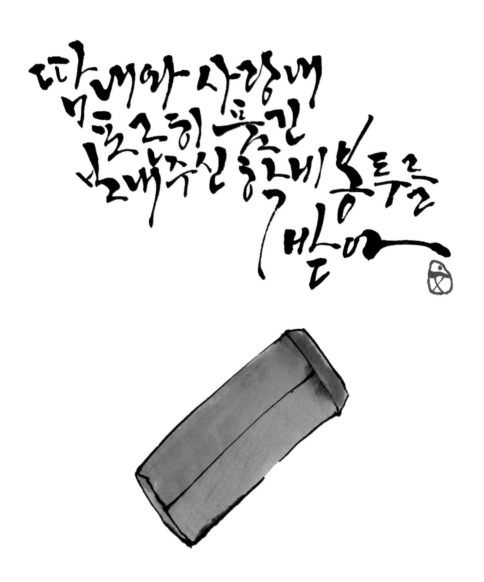

땀내와 사랑내
미훈히 푹긴
보내주신 학비봉투를
받아

윤동주 詩, 쉽게 씌어진 시 中

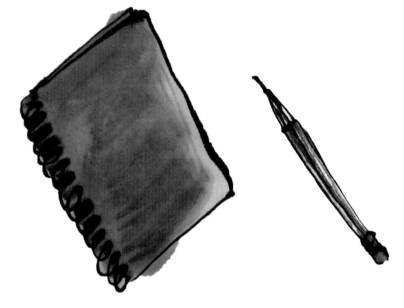

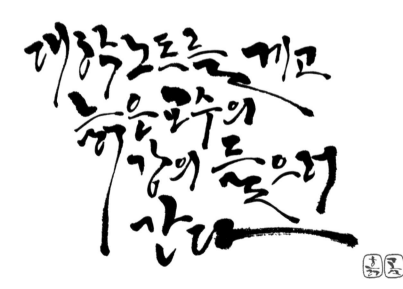

생각해보면
여러 대 응으를
하나
쳤다

않아버리고

나는 무얼 바라
나는 다만
홀로 침전하는
것일까

윤동주 詩, 쉽게 씌어진 시 中

인생은
살기 어렵다는데
시가 이렇게
쉽게 쓰여지는 것은
부끄러운
일이다

윤동주 詩, 쉽게 씌어진 시 中

편종

쉽게 씌어진 詩

폭염밭은 남의나라
장밭에 바비가
끈적거리는데

등불을
밝혀 어둠을
조금 내몰고
시대처럼
아침을
기다리는
최후의
나

윤동주 詩, 쉽게 씌어진 시 中

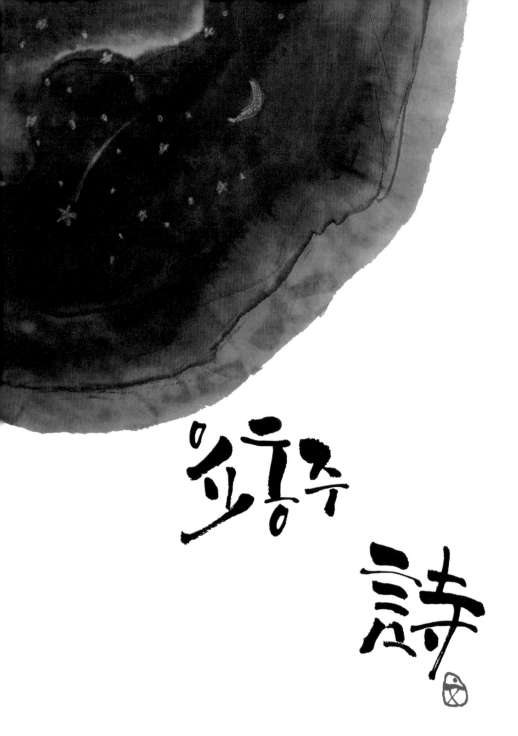

윤동주 詩, 쉽게 씌어진 시 中

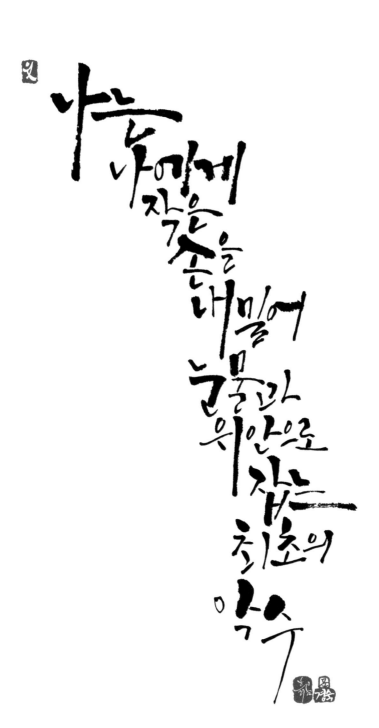

나는 나에게 작은 손을 내밀어 눈물과 위안으로 잡는 최초의 악수

향혹
바

흙공갤리그라피 디자인 연구소

나주혁신도시 빛가람동 157-5번지 1층

- 캘리수묵화 1급 자격증반
- 캘리그라피 주문제작
- 캘리그라피수강
- 캘리 원데이클래스
- 캘리 선물 판매

명함 액자 족자
가훈 엽서

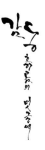

홀품 문경숙
문의: 010·7564·1244

캘리그라피 디자인 작업 및 작품 제작 문의

.

.

블로그: blog.naver.com/tooggimoon
카카오스토리: story.kakao.com/tooggimoon
인스타그램: tooggimoon
카카오톡: tooggimoon
이메일: tooggimoon@naver.com

캘리그라피(Calligraphy)를 말하다

　캘리그라피는 그리스어에 기원을 둔 단어로 한마디로 손으로 아름답고 독창적인 글씨를 쓰는 기술을 의미한다. 그렇기에 캘리그라피는 디지털 활자에서 벗어나 한 획 한 획 정성을 들이며 나에게 집중하는 시간을 통해 잃어버렸던 혹은 잊고 살았던 내 안의 아날로그적 감성을 돌아나게 한다.

캘리그라피는 누구든지 펜이나 붓을 잡고 씀으로써 바쁨과 경쟁에서 벗어나 느리게 사는 재미를 준다. 어쩌면 바쁨에 길들여진 사람들에게, 컴퓨터와 스마트폰과 같은 디지털 기계에 익숙한 사람들에겐 지루하고 낯설게 느껴질 수도 있지만, 세상에 단 하나뿐인 나만의 독특한 필체를 만날 수 있기에 더없이 소중한 작업이기도 하다.

필자는 현재 흙곰캘리그라피디자인연구소를 운영하며 캘리그라퍼로 다양한 작품 활동을 하고 있다. 캘리그라피를 만나고 비로소야 인생을 사는 법을 깨닫게 되었고, 조금 느리지만 그래서 더 의미 있고, 남들과 다르지만 그렇기에 더 특별한 나만의 인생을 사는 법을 조금씩 배워가고 있다.

좋은 글을 읽고 한 자 한 자 적어가며 그 글을 온전히 내 것으로 만드는 손글씨가 주는 매력에 빠져 이 매력을 공유하기 위해 직접 캘리그라피를 교육하며 열심히 작가로 활동 중이다.

캘리그라피는 이처럼 자신이 좋아하는 글을 나누고 공유할 수 있음에 더 감사한 작업이다. 내가 글을 읽고 느낀 감정을 글자에 담아 누군가와 나눌 수 있는 기쁨은 누려보지 않은 사람은 모를 새로운 기쁨이다.

그렇기에 필자는 권유하고 싶다.
지금 당장 가장 가까이 있는 펜이라도 들어서 직접 써 보기를.
눈으로만 쓱 지나칠 때와는 또 다른 기쁨이 그곳에 있을 것이다.

마음을 담은 글씨는 시간이 지날수록 빛이 난다

캘리그라피는 흔히들 붓에 먹물을 묻혀 쓰는 붓글씨라고 생각한다. 물론 붓으로 써야 붓의 필압을 이용하여 화선지에 스며드는 먹의 느낌과 농도를 살려 적은 먹글씨야 말로 가장 캘리그라피다운 느낌을 낼 수 있는 가장 매력적인 작업임은 분명하다.

그러나 캘리그라피의 도구는 사실 정해진 것이 없다. 무엇이든 먹물을 묻혀 적을 수만 있다면 그 어떤 것이든 캘리그라피의 도구가 된다. 그렇기에 캘리그라피에는 한계가 없다. 붓이 아닌, 펜이 아닌 것으로 적어도 상관없는 것, 이것이야말로 캘리그라피의 가장 큰 장점이자 매력이다.

이처럼 캘리그라피는 도구의 한계가 없기에 다양한 표현이 가능하며 어떠한 장르와도 결합이 가능하다. 창조적이고 독창적이기에 더 매력적인 캘리그라피는 그렇기에 현재 젊은이들에게도 많은 사랑을 받고 있다. 자신의 생각을 표현하기에 가장 좋은 방법의 하나로 캘리그라피가 사랑받고 있는 것이다. 유행하는 SNS를 통해 자신의 손글씨를 다른 사람들과 공유하며 이를 통해 소통하고 공감하는 것으로 젊은이들은 캘리그라피를 즐기고 있다.

캘리그라피는 정해진 규칙도, 법칙도 없다. 마음 가는 대로 내가 좋아하는 글에 나만의 느낌을 담아 써보라. 자신만의 고유한 필체가 가장 멋스러운 것이다. 물론 처음에는 잘 쓴 글씨를 따라하며 다른 사람의 글씨를 익히겠지만, 쓰는 것이 익숙해진다면 누구의 것이든 보지 말고 마음 가는 대로 한 획 한 획 생각하며 천천히 그어보기를.

못 쓰는 글씨라도 괜찮다. 악필이어도 쓰고 쓰다 보면 나만의 글씨가 되는 것이 캘리그라피이다. 처음부터 자신의 필체에 한계를 단정 짓지 말고, 오래 걸려도 남과 구별되는 나의 필체를 잘 살린다면 그것이 바로 가장 좋은 캘리그라피이다.

그리고 그렇게 탄생한 캘리그라피 작품을 사랑하는 사람들에게 나눠보라. 정성을 들여 쓴 캘리그라피는 그 자체만으로도 감동이고 사랑이기 때문이다.

오늘 사랑의 마음을 담은 한 줄의 캘리그라피로 소중한 이에게 따뜻함을 전하는 날이 되길 바라며.

감동, 흙곰의 멋글씨 흙곰작가의 수묵 캘리그라피 이야기

지은이 문경숙

1판 1쇄 발행 2018년 7월 25일

저작권자 문경숙

발행처 하움출판사
발행인 문현광
디자인 김태희
주　소 광주광역시 남구 주월동 1257-4 3층 하움출판사
I S B N 979-11-88461-44-8

홈페이지 www.haum.kr
이메일 haum1000@naver.com

좋은 책을 만들겠습니다.
하움출판사는 독자 여러분의 의견에 항상 귀 기울이고 있습니다.

· 값은 표지에 있습니다.
· 파본은 구입처에서 교환해 드립니다.
· 이 책은 저작권법에 따라 보호받는 저작물이므로 무단전제와 무단복제를 금지하며, 이 책 내용
　의 전부 또는 일부를 이용하려면 반드시 저작권자와 하움출판사의 서면동의를 받아야합니다.

ⓒ 흙곰 문경숙 2018
본 책은 저작자의 지적 재산으로서 무단 전재와 복제를 금합니다.